사랑하는 아빠가

LOVE,
Dad

사랑하는 아빠가

패트릭 코널리 지음/ 박원근 옮김

김영사

사랑하는 아빠가

저자_ 패트릭 코널리
역자_ 박원근

1판 1쇄 발행_ 1987. 2. 1.
1판 30쇄 발행_ 1995. 4. 20.

2판 1쇄 발행_ 2004. 12. 14.
2판 5쇄 발행_ 2022. 9. 1.

발행처_ 김영사
발행인_ 고세규

등록번호_ 제406-2003-036호
등록일자_ 1979. 5. 17.

경기도 파주시 문발로 197(문발동) 우편번호 10881
마케팅부 031)955-3100, 편집부 031)955-3200, 팩스 031)955-3111

값은 뒤표지에 있습니다.
ISBN 978-89-349-3967-2 03840

홈페이지_ www.gimmyoung.com   블로그_ blog.naver.com/gybook
인스타그램_ instagram.com/gimmyoung   이메일_ bestbook@gimmyoung.com

좋은 독자가 좋은 책을 만듭니다.
김영사는 독자 여러분의 의견에 항상 귀 기울이고 있습니다.

이 책에 대하여

패트릭 코널리라는 젊은 아빠가 있었습니다. 다른 많은 아빠들처럼 그는 아이들이 눈을 뜨기도 전에 일터로 떠났다가 아이들이 잠든 후에야 귀가하곤 했습니다.

두 아들이 8살과 10살 되던 해, 그는 아침마다 아직 자고 있는 아이들에게 사랑과 격려 그리고 충고의 메시지를 담은 편지를 남기기 시작했습니다. 항상 아이들을 생각하고 있다는 애틋한 부정의 표시였습니다.

그는 짧은 글과 시, 수수께끼, 생활철학 등 갖가지 내용에다 네 식구와 애견을 등장인물로 한 삽화까지 곁들여 재미있고 다채롭게 꾸며 놓았습니다. 그리고 편지마다 '사랑하는 아빠가'라는 말로 끝을 맺었습니다. 어떤 편지에는 이런 유익한 말이 실려 있습니다.

"공정하고 상냥하게 대해라. 그러면 친구들이 너희에게 다가올 것이다. 중요한 것은 친구가 얼마나 많으냐가 아니라, 어떤 친구들을 갖고 있느냐 하는 것이다." "하나님은 우리가 어제 일을 잘 했으면 그것을 계속해 나가고, 어제 일을 그르쳤으면 다시 시작할 수 있도록 새로운 날들을 주신다."

어느 날 코널리의 두 아들은 아빠의 마지막 편지를 받았습니다. 아빠가 갑자기 심장마비를 일으켜 아직 젊은 41세의 나이로 갑자기 세상을 떠났던 것입니다. 남은 세 식구는 엄마가 구두상자 속에 차곡차곡 모아 두었던 값진 편지들을 하나하나 다시 읽어 보면서, 주옥같은 편지들을 추려 한 권의 책으로 엮어 냈습니다.

이 책이 바로 〈사랑하는 아빠가〉입니다. 작은 보석과도 같은 이 책에는, 자녀들이 예절바르고 정직하고 근면한 아이로 자라기를 바라는 모든 부모들에게 공감을 불러 일으키는 상식의 메시지로 가득 차 있습니다. 전편에 유머가 넘치면서도 군데군데 유익하고도 중요한 교훈이 들어있고 그것도 결코 설교조가 아닙니다.

이 책은 읽는 이에게 가슴 뭉클한 감동을 안겨주고 또 살아있다는 행복감을 느끼게 해줄 것입니다.

Abby

애비게일 밴 뷰렌
('Dear Abby' 로 잘 알려진, 미국의 유명한 칼럼리스트)

차례 contents

| 이 책에 대하여 |

1

새로 태어난 일주일 12 | 체험과 상상력 14 | 새학년 새학기 아침에
16 | 식사 예절 18 | 아인슈타인 할아버지 생일날 20 | 리치의 열
한 번째 생일날 22 | 아빠의 낚시 강의 24 | 상징과 기호 26 | 엄
마들은 다 똑같아 28 | 점수보다 중요한 것 30 | 쿠가가 수상해 32
| 하나님이 새날을 주신 이유 34 | 오늘은 짤막하게 36 | 하루하루
가 신나는 모험이야 38 | 공룡의 비밀 40 | 어른이 된다는 것 42 |
엄마 귀에는 꽃피는 소리가 들려 44 | 시민 정신에 대하여 46 | 새
벽은 황금이다 48 | 머릿속은 다락방 50

2

아빠는 공, 용수철 그리고 총알 52 | 매일 한 가지씩 54 | 오늘 할
일 56 | 국회의사당은 뭐하는 곳일까? 58 | 오늘은 투표하는 날 60
| 새들의 샤워 62 | 달라이 라마가 웃는 이유 64 | 긴 연휴가 끝난
후 66 | 오늘의 퀴즈 68 | 어느 추운 날 70 | 일손이 안 잡히는 날

72 | 신바람 74 | 시험 점수 76 | 손가락 발가락 셈 78 | 오늘은 잊지 말고 80 | 무얼 배울까? 82 | 잠은 중요해 84 | 말 하기와 말 듣기 86 | 소년은 어른이 된다 88 | 씨름하기 90 | 조개 줍는 아이들 92 | 성적표 받는 날 94 | 중국 음식은 재미있어 96 | 하루를 유쾌하게 보내려면 98 | 딸꾹이 공룡이가 살던 시절 100

3

우리는 최고의 팀 102 | 이보다 좋을 수는 없다 104 | 역사상 딱 하루뿐인 오늘 106 | 학교는 선물 108 | 트럼펫 만세 110 | 아빠의 사랑법 특강 111 | 숫자 놀이 112 | 할로윈 데이를 유령과 함께 114 | 달팽이가 목도리를 두르다 116 | 쯧쯧, 바쁘기도 해라 118 | 오늘은 신나는 추수감사절 120 | 칠면조는 추수감사절이 싫어요 122 | 거인 생강빵 124 | 크리스마스에 웬 나비? 126 | 그게 중요하단다 128 | 새해 아침에 130 | 오늘 너희들 담임 선생님을 만났는데 132 | 양치질도 빼먹은 아빠 134 | 친구를 만드는 법 136 | 좋은 약은 입에 쓰다 138 | 해피 발렌타인 데이! 140

4

패트릭 성자의 날 142 | 우리는 참 복이 많구나 144 | 구경 한번 잘 했다 146 | 지금부터 2천 년 전에 148 | 화산이 폭발했대! 150 | 신난다, 봄이다! 152 | 펄펄 날아라 154 | 이중주였나, 삼중주였 나? 156 | 선택은 네 손에 158 | 13일의 금요일이 재수없다고? 160 | 무시무시한 삼총사 162 | 인생은 계단 164 | 엄마 아빠는 언제 나 대령 준비 166 | 얼마나 자랐을까? 168 | 성경의 황금률 170 | 가만히 귀기울여 봐 172 | 자꾸 듣고 싶은 트럼펫 소리 174 | 교실 의 황금률 176 | 우리 집 쿠가의 작문발표회 178 | 잊지 못할 어젯 밤 180 | 내 눈 좀 붙들어 줘 182 | 애완용 조개와 노는 법 184 | 잠꼬대도 예술이군 186 | 친구들은 방학을 어떻게 보냈을까? 188 | 너무 썰렁했나? 189 | 백과사전 속에 용돈이 숨어있다 190 | 매듭 숙제의 진실 192 | 산다는 건 공 요술 부리기 194 | 월식 찾아 3만 리 196 | 이 세상에서 가장 행복한 아빠 198

패트릭을 추억하며
옮기고 나서

"이 세상에는 여러 가지 이유로 아빠나 엄마하고 헤어져 사는 아이들이 많이 있단다. 보다 나은 내일을 준비하기 위해서 그리움을 참고 떨어져 사는 가족도 있고, 누군가의 잘못으로 뿔뿔이 흩어져 사는 가족도 있고, 병이나 사고로 식구를 잃은 가족도 있고….

기쁨을 같이 하고 슬픔을 함께 나누며, 사랑하는 사람들이 따뜻한 체온을 느끼면서 이렇게 '가족'이란 이름으로 한울 안에 모여 사는 것은 아주 큰 축복이란다."

사랑하는 나의 가족들

엄마

리치

데이브

아빠

'개짱' 쿠가

새로 태어난 일주일

데이브와 리치,
새로운 한 주가 시작됐다.
너무너무 싱싱하고 손때 한 번 묻지 않은,
방금 공장에서 나온 신제품처럼 산뜻한 한 주다.

그것을 잘 사용해라.

낭떠러지로 몰고 가서 떨어뜨리지도 말고,
부둣가로 몰고 가서 빠뜨리지도 말아라.

쓰임새가 많기도 많지만
그래도 마구 쓰면 안 되는 소중한 한 주다.

조심하기만 하면 맘껏 곡예를 부릴 수도 있는 그런 한 주다.

그 위에서 공치기도 할 수 있고,
새로 산 신발을 신고 마냥 뛰어다닐 수도 있다.
또 그 속에서 첨벙첨벙 물장구를 칠 수도 있으니
얼마나 굉장한 일주일이 되겠니.

책갈피처럼 공부할 때 쓰기도 하고
책을 읽는 동안 깔고 앉을 수도 있다.
낮잠을 잘 때 베개처럼 부풀려서 머리 밑에 괴기도 하고,
놀이터에서 이리저리 던지기에도 좋은 한 주다.
트럼펫으로 연주할 수도 있고,
그 위에서 롤러스케이트를 탈 수도 있다.
잘만 사용한다면 얼마나 쓰임새 많은 멋진 일주일이냐!

사랑하는 아빠가

체험과 상상력

데이브와 리치야,
방학 마지막날을 멋지게 장식하렴.
드디어 너희가 학교로 돌아가게 되어 기쁘구나.

방학 내내 너희는 체험을 통해서 많은 것을 배웠다.
체험이란 동물원 구경을 가거나
'앉아 있는 황소'란 이름의 인디언 추장 무덤을 찾아간 일처럼,
자기가 직접 무슨 일을 해서 배우게 되는 것을 말한다.

이제 학교에 가면 또 책을 통해서 배우게 된다.
그러기 위해서는 무엇보다도 상상력과 주의력이 필요하지.
그리고 셈과 읽기와 같은 여러 가지 기능을 익히게 된다.
그런 기능은 너희가 살아가는 이 세상을 더욱 재미있고
한결 이해하기 쉬운 곳으로 만들어 준단다.

사랑하는 아빠가

새학년 새학기 아침에

안녕, 착한 녀석들아.

개학을 축하한다.

너희 두 녀석에게는 희망찬 한 해가 기다리고 있다.

전에는 새까맣게 몰랐던 여러 가지 사실을 배우고,

또 자기가 알고 있는 것을 남들과 나누어 갖게 되겠지.

고스란히 남아있는 너희들 인생의 새로운 장이,

가슴 설레는 흥분 속에 이제 막 펼쳐지려 한다.

새 친구와 새 일로 가득 찬 아주 새로운 모험이 시작되는 때다.

너희의 그 모든 것이 부럽기만 하구나.

너희들에게 꼭 일러주고 싶은 말이 하나 있다.

"자기가 옳다고 생각하는 일을 하도록 해라.
그것이 때로는 어렵고 힘든 일이더라도."

멋진 하루 그리고 멋진 새학년이 되기를!

사랑하는 아빠가

식사 예절

애들아,
오늘은 점잖은 자리에서 식사할 때
특별히 주의해야 할 사항을 알려 줄게.

자기 앞에 놓인 음식 접시에다
팔꿈치를 쳐박아 뭉개지 말것.

새끼손가락을 세우고 식사할 때는
옆사람을 찌르지 않도록 조심할 것.

식사할 때 한쪽 손을 무릎에다 내려 놓으려면
우선 주위를 잘 살필 것.
근처에 굶주린 개가 있을지도 모르니까.

사랑하는 아빠가

아인슈타인 할아버지 생일날

데이브와 리치,
너희와 함께 지낸 어젯밤은 정말로 재미있었다.

오늘은 역사적으로 특별한 날이다. 무슨 날인지 알고 있니?
오늘은 바로 알버트 아인슈타인이 세상에 태어난 날이다.
아인슈타인은 유명한 수학자이자 물리학자로서
우주에 대한 옛날 사람들의 생각을 크게 바꾸어 놓았단다.
그런데 사람들은 아인슈타인이 학교에 다닐 때만 해도
머리가 좀 나쁜 아이인 줄 알았지.

"아직도 나는 셈이 맞았는지 긴가민가해서 손가락을 꼽아야 할 때가 있지."

그는 우주와 시간에 대해서 여러 학설을 세웠단다. 우주는 어떻게 팽창하는지, 중력은 어떻게 작용하는지, 원자는 왜 '분열'되어 에너지를 낼 수 있는지, 그리고 빛은 왜 일 초에 30만 킬로미터의 속도로 움직이는지 등등에 대해서. 한때 그는 학교에서 공부를 잘 못하는 어떤 학생에게 이런 편지를 써 보낸 적이 있단다. "수학을 못한다고 걱정하지 마. 그래도 네가 나보다는 훨씬 낫잖아." 얘들아, 알버트 아인슈타인을 꼭 기억해라.

사랑하는 아빠가

리치의 열한 번째 생일날

리치야, 생일을 축하한다.
이제 11살⋯ 10년 하고도 1년.
달수로는 꼭 132개월이고 날수로는 4천 일이 넘었구나.
앞으로 3천 285일이 더 지나면 네 나이도 10대를 벗어나
20대가 되겠지.

이 모든 숫자를 보니 점점 머리가 복잡해지는구나.
어쨌든 우리 모두 축하한다.
즐거운 생일이 되기를!

> 데이브야, 너를 잊은 건 아니다.
> 즐거운 '안 생일'이 되기를.

사랑하는 아빠가

데이브,
그렇다고 해서
내가 안 생일 선물을
사다 준다는 뜻은 아니야,
알겠지?

"안 생일날에는 왜
촛불을 켜지 않을까?
난 촛불이 좋은데…."

아빠의 낚시 강의

데이브와 리치,
오늘은 아빠가 낚시에 대한 강의를 할 테니 잘 들어 두렴.

머릿속에 있는 이 큰 부분 전체가
큰골이다. 우리가 판단하는
일을 도와 준단다. 다시 말해서 낚시를
하러 갈까 말까, 낚시하러 어디로 갈까,
어떤 미끼를 사용할까와 같은 일을
결정하도록 도와 주는 것이지.

뒤쪽에 있는
이 작은 부분이
바로 작은골이다.
이것은 손, 발, 눈, 귀,
내장과 같은 신체의
모든 움직이는 부분을
조종한다. 낚시할 때
얼레를 감아서
물고기를 끌어올려야겠다고
큰골이 결정하면,
작은골이 손을 움직여서
그렇게 하게 만든다.
너희도 알다시피, 작은골은 또
심장을 평생 동안 밤낮없이
계속 뛰게 만드는 것과 같이
우리가 평소에 생각조차 하지
못하는 일도 물론 하고 있단다.

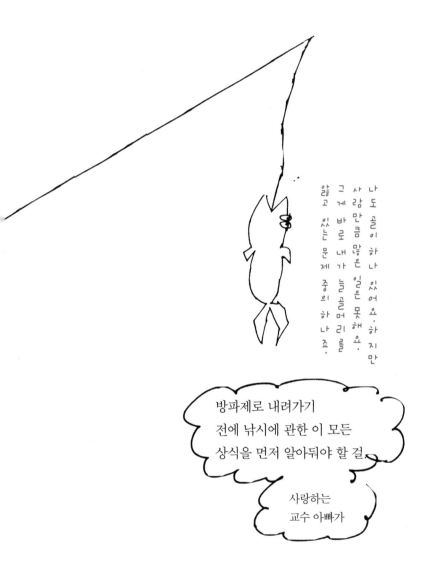

나도 꼬리 하나 있어요. 하지만 사람만큼 말은 일은 못해요. 그게 바로 내가 늘 꼬리를 잊고 있는 문제 중의 하나죠.

방파제로 내려가기
전에 낚시에 관한 이 모든
상식을 먼저 알아둬야 할 걸.

사랑하는
교수 아빠가

상징과 기호

안녕, 꼬마 친구들.

상징이나 기호란 어떤 일이나 물건을 나타내는 표시란다.

예를 들면, Fe란 기호는 철 금속을 나타내지.

그러니까 Fe는 진짜 철이 아니다.

우리가 철에 대해서 글을 쓰고 싶을 때마다

진짜 철을 들고 다닌다면, 매우 귀찮을 거야.

대신에 철의 기호를 사용하면 한결 간편해지지.

우리 주변은 온통 상징투성이란다.

하얀 바탕에 빨갛게 십자(+) 모양을 그린 '적십자'는 모든
사람들을 사랑하고 서로 돕는 박애정신을 상징하는 것이지.

말과 글자도 상징이다.

'코끼리'란 말은 진짜 코끼리가 아니라, 코끼리를 나타내기
위해서 몇 개의 글자를 엮어 놓은 것이다.

코끼리에 대해서 말하고 싶을 때마다 진짜 코끼리를 데리고
다닌다면, 얼마나 번거롭고 성가시겠니!

너희가 알고 있는 상징들이 있으면 엄마한테 얘기해 보렴.

사랑하는 아빠가

아빠의 상징

안녕, 꼬마친구 틀.

이 그림도
상징임

"얘야, 조심 조심 또 조심…."

"잇힝! 또 잔소리셔."

엄마들은 다 똑같아

데이브와 리치야,
지금 밖에는 비가 억수로 퍼붓고 있다.
테라스 지붕 위에 세차게 떨어지는 저 빗방울 소리 들리니?

가만히 들어보니까, 엄마 울새가 새끼한테 마당 가운데로 가지
말고 가장자리 얕은 곳에 있으라고 주의를 주더구나!

사랑하는 아빠가

점수보다 중요한 것

데이브와 리치,

오늘 학교생활 잘해라.

내 말은 점수를 잘 받으라는
뜻이 아니다.

행동을 바르게 하라는 얘기다.

물론 점수 잘 받는 것도 좋지.
학생이라면 누구나
그것을 위해서
노력해야 하지.

하지만 진짜로 자기를
발전시키는 것은
올바른 행동이란다.

사랑하는 아빠가

참 잘했어요, 여러분.

쿠가는 틀림없이 여러분을

자랑스럽게 생각할 거예요.

쿠가가 수상해

우리 꼬마들아,
쿠가 녀석이 우리한테
늘 새로운 묘기를
가르치고 훈련시키는 것 같은데,
너희는 어떻게 생각하니?

사랑하는 아빠가

하나님이 새날을 주신 이유

잘 잤니, 데이브와 리치?
새날 새 아침이다.
하나님은 우리가
어제 일을 잘했으면 그것을 계속해 나가고
어제 일을 그르쳤으면 다시 시작할 수 있도록
새로운 날들을 주신다.

엄마 아빠는 너희들을 사랑한다.
너희는 아주 아주 소중한 아이들이야.

오늘은 금요일.
즐거운 주말을 향해 출발!

사랑하는 아빠가

"나도 나름대로는 누구
못지 않게 소중하다구요."

오늘은 짤막하게

데이브와 리치야,
오늘은 짤막하게 써야겠다.

이제 개학도 며칠 남지 않았으니
마음의 준비를 하도록 해라.
방학은 어느 정도 생활의 변화를 위해서 좋은 것이지만,
본래대로 정상적인 생활을 계속하기 위해서는
교실에서 정말 열심히 공부할 필요가 있다.

사랑하는 아빠가

하루하루가 신나는 모험이야

데이브와 리치,
주말 연휴가 아무리 길어도 후닥닥 지나가지?
학교 생활은 분명히 한가로운 바캉스는 아니야.
오히려 긴장감 넘치는 모험에 가깝다고나 할까?
자신의 세계를 두루두루 탐험하면서 수학, 역사,
음악, 외국어, 국어, 미술, 지리, 지질, 천체, 중력,
그리고 우리 눈에 보이지 않는 아주 작은 것에서부터
공룡처럼 거대한 것에 이르기까지 이 세상의
모든 생물과 무생물, 또 각종 색깔에 대해서
갖가지 발견을 하는 흥미진진한 모험!
얘들아, 내일 또다시 새로운 탐험길에
오르게 된다는 게 짜릿하지 않니?

사랑하는 아빠가

아이들과 함께 놀러갔다가
차를 타고 돌아오는
무법자 쿠가 녀석.

공룡의 비밀

데이브와 리치야,
상쾌한 아침이다.

학교에서 집에서
재미있고 신나게
하루를 보내기 바란다.
리치야, 야외 현장 학습 때
주의 깊게 보고 들어서
네가 배운 모든 것을
엄마 아빠한테 얘기해 주렴.

사랑하는 아빠가

너희한테 비밀을
하나 가르쳐 주마.
공룡은 원래
거대하지가 않고
보통 크기란다.
사람들은 자기네가
아주 작으니까
우리가 거대하게
보이는 것뿐이지.

어른이 된다는 것

데이브와 리치,
오늘 점심 때 살구를 먹으면
엄마하고 너희가 살구 껍질을
하나하나 벗기던 모습이
눈에 선할 거다.

또 책상 앞에 앉아 일하다 보면
학교에서 어른이 되는 법을 배우는
너희들의 진지한 모습이 떠오르겠지.
어른이 된다는 것은 키가 커진다는 뜻도 아니고
어떤 특별한 옷을 입는다는 뜻도 아니다.
딴 아이들을 거들떠 보지도 않고
인기있는 아이들하고만
붙어 다닌다는 뜻도 아니다.

어른이 된다는 것은 자기에게 정직할 줄 알게 된다는 뜻이다.
어른이 된다는 것은 할 일이 있을 때 열심히 일하고
또 놀 일이 있을 때는 열심히 논다는 뜻이다.
어른이 된다는 것은 누구에게나 공정하게 대한다는 뜻이다.
그것은 남들을 비웃지 않고
자기를 먼저 살필 줄 알게 된다는 뜻이다.
어른이 된다는 것은, 완전한 사람은 아무도 없기 때문에
자기도 잘못할 때가 있다는 것을 알고
또 잘못했을 때 숨기지 않고 솔직히 시인한다는 뜻이다.
엄마 아빠는 너희들을 사랑한다.
너희는 아주 훌륭한 어른이 될 조짐이 보여.
지금처럼 그렇게 쭉 잘 커다오.

사랑하는 아빠가

엄마 귀에는 꽃피는 소리가 들려

데이브와 리치,
오늘은 날씨가 참 화창해지려나 보다.
태양이 눈부시고 햇빛이 따사롭고,
새들이 즐겁게 노래부르고 (아마 팝송인 것 같다)
쿠가 녀석이 이리저리 뛰어다니며
누구 일어난 사람 없나, 어디 장난칠 것 없나 두리번거리고
엄마가 귀를 꼿꼿이 세우고
꽃피는 소리를 듣고 있으니….

안녕, 이따 보자.

사랑하는 아빠가

데이브야, 어제
외국의 수도 이름
외지 못한 것
오늘 잠깐이면
다 할 수 있겠지?

리치야, 오늘은
수학 공부를 좀
해야겠다.

"들어봐요!
꽃봉오리
터지는 소리가
들려요!"

얘들아, 저 사람 큰일 났구나!
어서 손잡이를 돌려서 구해 주어야
겠다. 1과 2중 어느 쪽으로 돌려야
하지?

시민 정신에 대하여

너희가 지금 자유를 누린다면
그 자유는 하늘에서 떨어진 게 아니라
누군가가 희생하여 얻어 준 것이란다.
너희가 지금 평화를 누린다면
그 평화는 땅에서 솟아난 게 아니라
누군가가 희생하여 얻어 준 것이란다.
너희가 지금 정의를 누린다면
그 정의는 저절로 굴러 들어온 게 아니라
누군가가 희생하여 얻어 준 것이란다.
누가 우리를 위하여 자기를 희생했을까?
앞으로 배워 나가면서 잊지 않도록 해라.
자유, 평화, 정의를 계속 지키기 위해서는
각자 제몫을 다해야 한다.
그게 바로 시민정신이란다.

사랑하는 아빠가

새벽은 황금이다

사랑하는 아이들아,
아주 이른 꼭두새벽이다.
해는 아직 뜰 생각도 않고,
새들마저 곤히 잠자고 있다.
밖을 내다보아도 사람들은
그림자조차 보이지 않는구나.
들리는 소리라고는
사뿐사뿐 부엌에서 걷는 엄마의 발소리와
부글부글 끓는 커피 소리뿐.

이제 몇 분 지나면 오늘 하루의 첫 햇살이 비치고,
세상이 비로소 기지개를 켜게 되리라.
그때까지는 엄마하고 아빠하고
이 세상을 송두리째 독차지하는 셈이지.
이른 새벽은 하루 중에서도 가장 귀한
황금의 시간이란다.

사랑하는 아빠가

머릿속은 다락방

데이브와 리치,
오늘도 후회없는 하루를 보내기 바란다.
새로운 것을 배우고 지나간 것을 잊지 않도록 명심해라.
너희 머릿속에는 그 모든 지식을
다 담을 수 있는 자리가 있단다.
머리란 마치 너희가 장난감이랑 옷이랑 헌 가구랑 책들을
보관하는 다락방 같은 곳이다.
물건 대신에 그보다 훨씬 더 귀중한 생각을
넣어 둔다는 것만 다를 뿐.

사랑하는 아빠가

"데이브형,
엄마 아빠가
보시기 전에
내 다락방을
깨끗이
치우는 게
좋겠어.
박쥐가
한 놈도
못 들어오게
해야지!"

아빠는 공, 용수철 그리고 총알

애들아, 너희를 무척 사랑하는
아빠는 요즘 무척 바쁘단다.

밤늦게까지 뛰어 다니느라고
시, 노래, 수수께끼, 편지는 물론이고
잔소리조차 할 시간이 없구나.
아빠는 뛰고 넘고 내닫고
공처럼 용수철처럼 튀어 오르고
쏜살같이 총알같이 쌩쌩 달리고
또 날아가야만 한다!

사랑하는 아빠가

새로 이발한 머리

작별인사로 흔드는
넥타이

날아가는 연필들

불룩한
점심 보따리

기막히게 훌륭하고
아름다운 아내

대롱거리는 카메라

무엇이나
아는 체하는
만물박사

"오, 저런! 갈수록 아저씨
꼴이 말이 아니군."

최신 유행의 최고급
대형 슬리퍼

매일 한 가지씩

얘들아, 매일 한 가지씩 보람있는 일을 하겠다는 각오로
하루를 시작해 보렴.

데이브야, 쿠가 녀석의 노래 연습을 도와주어서 참 고맙다.
리치야, 어제 보니 네 수영동작이 매우 힘차더라.
실력이 많이 늘었더구나.

사랑하는 아빠가

오늘 할 일

데이브와 리치, 오늘 할 일을 알려줄게.
그런데 이 일들은 매일매일 하면 더 좋단다.

자기가 할 일 알아서 하기.
자기가 한 일에 책임 지기.
스스로 성취한 일을 자랑스럽게 여기기.
열심히 노력하기.
가족과 친구들을 위하기.
자기 자신을 사랑하고 낯선 사람에게도 친절하기.
진실을 말하기.

사랑하는 아빠가

국회의사당은 뭐하는 곳일까?

귀염둥이들아,
하루를 즐겁고 신나게 보내며 많이 배우기를!

데이브야, 오늘 의사당으로 견학을 간다니
참 좋은 구경 하겠구나.
이번 기회를 최대한 이용해서 한눈 팔지 말고
토의과정을 주의깊게 지켜보고 정부가 어떻게
살림을 꾸려 가는지 잘 살펴보거라.
(의회의 토의과정은 때때로 종잡을 수가 없으니, 뭐가 뭔지
모르더라도 너무 언짢게 생각하지 말아라. 내가 AP통신
기자로서 미시간 주의 의사당에 들어가 갖가지 토의과정을
취재했을 때에도 이따금 갈피를 잡지 못했단다.)

사랑하는 아빠가

오늘은 투표하는 날

데이브와 리치,
오늘은 선거하는 날이다.
우리 지방과 나라를 이끌고 갈 훌륭한 지도자를 뽑고
우리가 지키고 따라야 할 규칙도 몇 가지 정하기 위해서
유권자들이 한 사람에 한 표씩 투표하는 뜻깊은 날이다.

어떤 일들은 반드시 투표를 통해서 결정해야 하기 때문에
선거일은 매우 중요한 날이다.
엄마 아빠도 물론 투표소에 갈 거야.

투표를 하지 않는 사람은 정부가 하는 일에 대해서
이러쿵 저러쿵 말할 자격도 없단다.

사랑하는 아빠가

새들의 샤워

데이브와 리치,
비가 오는데도
새들은 짹짹 지저귀고 있다.
마치 샤워를 하면서
노래를 부르는 것 같구나.

사랑하는 아빠가

데이브: 우리 엄마는 한손으로 차를 세우실 수 있어.

리 치: 아주 힘이 센 모양이지.

데이브: 그게 아냐. 우리 엄마는 여순경이시거든.

리 치: 개를 잃어버렸어!

데이브: 안됐구나. 신문에 광고를 내면 어때?

리 치: 그래도 소용없을 거야. 내 개는 글을 읽을 줄 모르거든.

달라이 라마가 웃는 이유

데이브와 리치,
딜라이 라마는 티벳 출신의 스님이란다.
빨리 지도를 펼치고 티벳을 찾아봐라.
엄마가 도와 주실 거다.
이 나라는 중국에 합병되었기 때문에 어쩌면 지도에 표시가
안 되어 있을지도 모르지만, 수도 이름은 나와 있을 거다.
수도 이름은 '라사' 라고 하는데 중국과 인도 사이에 있는
히말라야 산맥 높은 곳에 있지.
티벳은 '세계의 지붕' 이라고 불린다. 왜 그런지 아니?
이따가 저녁 때 아빠가 돌아오면 이야기해 보렴.
중국 공산당은 1959년에 티벳 사람들을 많이 죽였는데,
그때 달라이 라마는 어쩔 수 없이 외국으로 피신해야만 했지.
그는 공산당이 자기 백성에게 나쁜짓도 안 하고

간섭도 하지 않을 경우에만
돌아가겠다고 하는구나.

600만 명의 티벳 사람들은
달라이 라마가 그들의 왕이고
또 신이라고 굳게 믿고 있단다.
예수가 우리에게 거룩한 분이듯이
달라이 라마도 많은 사람들에게
거룩한 분으로 통하고 있지.
그는 자기 백성에게 돌아가서 좋은
일을 하고 싶어 하는 매우 훌륭한
분이다.

사랑하는 아빠가

달라이 라마는
목요일과 금요일
이틀 동안 이곳 시애틀
을 방문할 예정이다.

달라이 라마는
스스로 자신을
낮추려고 머리를
빡빡 깎는다.
그리고 마음이
평화롭기 때문에
곧잘 얼굴에
미소를 띄운단다.

"달라이 라마"는
몽고말로
"지혜의 바다"란
뜻이다.

긴 연휴가 끝난 후

데이브와 리치,
이제 너희는 동물원에 구경을 가고
부둣가에서 저녁으로 생선과 감자튀김을 먹고
롤러스케이트를 타며 즐겼던 긴 주말을 보내고
이제 다시 학교생활에 충실할 때다.

학교에 가면 즐겁게 놀았던 것만큼 열심히 공부해라.
아니, 그 이상으로 열심히 공부해라.
놀았던 때보다 더 열심히 공부할 수 있는지
자신과 한번 내기를 해보렴.

엄마 아빠는 너희를 무척 사랑한단다.
착한 녀석들아, 오늘밤에 보자꾸나.

사랑하는 아빠가

오늘의 퀴즈

데이브+리치,

지금부터 코널리 교수께서
간단한 퀴즈문제를 낼테니
맞춰 보시라!

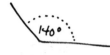 이런 각의 이름을 뭐라 부릅니까?

 이 주사위에서
보이는 점의 합계가
보이지 않는 점의 합계보다
많을까요, 적을까요?

아침 식사 때 닭 튀김과 닭 스프 중
무엇을 먹는 게 몸에 좋을까요?

사랑스러운 데이브와 리치야, 그리고
예쁘고 상냥하고 인자하고 재치있고 솜씨 좋고
기막히게 끝내주는 엄마야, 우리 가족 최고다!

사랑하는 아빠가

어느 추운 날

귀여운 친구들에게,

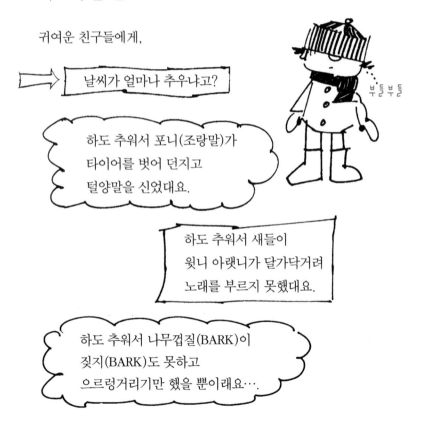

날씨가 얼마나 추우냐고?

하도 추워서 포니(조랑말)가
타이어를 벗어 던지고
털양말을 신었대요.

하도 추워서 새들이
윗니 아랫니가 달가닥거려
노래를 부르지 못했대요.

하도 추워서 나무껍질(BARK)이
짖지(BARK)도 못하고
으르렁거리기만 했을 뿐이래요….

하도 추워서 우리 집 벽시계가
큰손하고 작은손을 자꾸자꾸 비벼댔대요.

하도 추워서 야드(YARD)자가
책상위에서 발(FEET)을 동동 굴렀대요.

추신: 그렇다고 너무 겁먹지는 마라.
바깥 날씨가 그렇게까지 지독하지는
않으니까.

사랑하는

뻥쟁이 아빠가

일손이 안 잡히는 날

안녕, 녀석들아.

리치야, 오늘 학교에서
시험 잘 치르기를!

데이브야, 오늘 소년단 활동 잘하고
트럼펫도 잘 불고, 그리고 특히
학교 공부 잘하기를!

엄마야, 소년단 유년부
꼬맹이들하고 잘 지내기를!

오늘도 아빠는 회사에서
우리 식구 모두를 생각하고 있을 거야.

사랑하는 아빠가

생각하면 할수록
보고 싶은 그런
사랑스런 가족이 있으니,
이따금 일이 손에
잡히지 않는군.

춤을 추자, 춤을 춰…

신바람

잘잤니, 애들아?

아침 냄새가 싱그럽고
새들도 흥겹게 노래부르니
절로 신바람이 나는구나!

사랑하는 아빠가

시험 점수

데이브+리치,
어제 너희가 받아 온 시험지
점수가 좋더구나.
그런데 시험지를 엄마 아빠한테
빠짐없이 다 보여주고 있는 거니?

점수가 좋거나 나쁘거나
모두 다 집으로 가져오너라.
이 세상에 완전한 사람은 없단다.
엄마하고 아빠도
너희처럼 학교 다닐 때
점수가 좋지 않은 시험지를
아주 많이 받았단다.

엄마 아빠는 너희를 믿는다.
그럼, 오늘밤에 만나자.

사랑하는 아빠가

손가락 발가락 셈

나는 셈을 할 때
손가락으로 하지요.

또 손가락이 모자라면
발가락도 쓰지요.

발가락까지 모자라면
다른 사람 손가락 발가락도
빌어 쓰고요!

사랑하는 아빠가

오늘은 잊지 말고

데이브와 리치,
좋은 꿈들 꾸었니?
오늘은 잊지 말고
무엇인가 새로운 것을 꼭 배우도록 해라.
배운 것을 저녁 식사 때
엄마 아빠한테 말해 주렴.

고대 문명이나 별들의 이야기
또는 민주주의에 대한 것이어도 좋고,
국어나 수학이나 그밖에
무엇이라도 좋다.
틀림없이 뭔가 배울 게 있을 거다.
그럼, 즐거운 하루가
되기를.

사랑하는 아빠가

무얼 배울까?

데이브야, 어제 빙산에 관해서 잘 배웠니?
빙산은 북극과 남극 근처 아주 추운 지방에서 생기는데,
만약에 빙산이 없다면 바다는 지금보다 더 따뜻해질 거야.
자, 오늘은 너희 둘이 무엇을 새로 배울까?
지금은 너희 머릿속을 갖가지 생각으로 가득 채울 때다.

새로운 의문이 떠오르면
거기에 대해서 속속들이 알아내도록 해라.
그렇게 하면 이 세상이 어떻게 돌아가는지
더 많이 알게 된단다.

사랑하는 아빠가

데이브: 나 오늘 아침에 치과에 갔었어.
리 치: 이가 아직도 아파?
데이브: 몰라… 의사가 가져갔거든.

잠은 중요해

데이브와 리치,
오늘은 너무 무리하지 않도록 조심해라.
간밤에 늦게까지 안 자고들 있었잖니.
(그럴만한 충분한 이유가 있었지만)
아빠가 너희처럼 학교 다닐 때,
한번은 교실에서 공부시간에 졸은 적이 있었단다.
꾸벅꾸벅 졸면서 꿈까지 꾸고 있었는데,
그러다가 쾅!하고 보기 좋게 바닥으로 떨어지고 말았지.
그 바람에 잠이 깼지만, 갑자기 교실 안이 쥐죽은 듯이 조용해지고
선생님은 아무 말없이 나를 뚫어지게 바라보고만 계시더라.
내가 다시 의자로 기어 올라갈 때까지 말이야.

사랑하는 아빠가

그러니
이렇게 되지
않으려면
잠은 잘
자두라고.

꼬당!!

말 하기와 말 듣기

데이브와 리치,
오늘도 아빠는 회사에서
틈만 나면 너희들
생각을 하고 있을 거다.
학교에서는
정신을 똑바로 차려라.

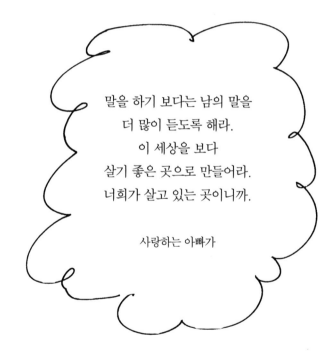

말을 하기 보다는 남의 말을
더 많이 듣도록 해라.
이 세상을 보다
살기 좋은 곳으로 만들어라.
너희가 살고 있는 곳이니까.

사랑하는 아빠가

소년은 어른이 된다

데이브와 리치,
어젯밤 엄마하고 소년단 캠핑을 갔을 때
너희 둘이 보여준 행동은 자랑스럽기 짝이 없었다.
또 너희가 장비와 깃발과 로프와 땔나무를 빈틈없이 준비해 간
덕분에 행사도 짜임새 있게 잘 치렀다니 정말 기특하구나.
무엇보다도 별탈 없이 무사히 다녀왔으니
이제 너희는 어른이 다 된 것 같다.

사랑하는 아빠가

"내 과자를 돌려 달란 말야!"

"리치 엄마!
매리 엄마!
그 나쁜 녀석이
'제2분대'를
방금 불 속에다
쳐넣었어요!"

이런 일이 일어나지 않아서 정말 다행이야.

씨름하기

귀여운 녀석들아,
오늘도 아빠는
회사 사무실에서
구김살 없이 자라는
너희들을 생각하느라
시간 가는 줄 모를 거다.
오늘은 뭔가
어려운 것을 배우도록 해봐라.

이해가 잘 안 가는 문제를
하나만 골라서 씨름을 하며
붙들고 늘어져 해결해 봐라.
이처럼 뭔가 어려운 것을
새로 배우고 나면
하늘을 날 것 같은 기분이 된단다.

우리 오늘도 즐거운 하루 만들자.
아자!

사랑하는 아빠가

조개 줍는 아이들

애들아,
숙제를 모두 끝마치고 과학 과제를
착실하게 시작하도록 해라.
데이브야, 너희들의 방을 깨끗이 치우고
또 맡은 일을 다 마친 다음에
엄마를 될수록 많이 도와 드리도록 해라.
그리고 나서는… 어쩌면…
엄마한테 조개 잡는 법을 가르쳐 드려도 좋겠지?

사랑하는 아빠가

"엄마 걱정
마세요.
연체 동물은
강도처럼 뒤에서
갑자기 목을
조르지
않아요…."

비바람 몰아치는 으스스한 해변을 따라
용감무쌍한 3인의 추적자가
약삭빠른 도망자─새끼 조개─들을 향해 살금살금 다가간다.

성적표 받는 날

데이브와 리치야,
학교에 늦지 말고 잘 다녀오도록 해라.
참, 오늘은 통지표 받는 날이구나.
너희들, 둘 다 걱정 없겠지?

아빠가 보기에 너희가 최선을 다해 공부했다면
성적은 아무래도 좋다.
만약 너희가 슬럼프에 빠지거나
너무 오랫동안 게으름을 피운다면 그게 걱정이지.
그동안 너희들은 썩 잘해 왔다고 생각한다.

사랑하는 아빠가

중국 음식은 재미있어

데이브와 리치,
지난주말은 정말 즐겁게 보냈다.
너희들도 역시 재미있었다면 좋겠다.

중국인 이웃 셰리의 집은 참 따뜻하고 아늑하더라.
쿠가 녀석도 거기서는 제 집처럼 느긋하게 굴더군.

어젯밤에 맛본 중국 음식은 감칠맛이었다.
콩꼬투리를 먹는다고 하면 놀라 자빠지는 사람도 있지만,
그건 조금도 놀랄 일이 아니지.
대나무 순을 우적우적 씹어 먹기도 하니까.

사랑하는 아빠가

하루를 유쾌하게 보내려면

하루를 유쾌하게 보내라.
뭔가 새로운 것을 배우려고 노력해라.
뭔가 유익한 것을 가르치려고 노력해라.
뭔가 다정한 말을 하려고 노력해라.
뭔가 슬기로운 일을 하도록 노력해라.

사랑하는 아빠가

선생님: 번개와 전기가 다른 점은 무엇일까요?
학 생: 번개는 요금을 내지 않아도 돼요.

데이브: 리치야, 뭐하고 있니?
리 치: 내 짝한테 편지 쓰는 거야.
데이브: 그런데 왜 그렇게 천천히 쓰니?
리 치: 걔는 빨리 읽지 못하거든.

딸꾹이 공룡이가 살던 시절

안녕, 데이브＋리치야.
리치야, 네 시험 점수가 좋구나.
옛날 옛적에 딸꾹이 공룡이란 놈이 있었는데
몸의 길이가 22미터였지.
그런데 딸꾹질을 하면 자그마치 66미터로 늘어났단다.

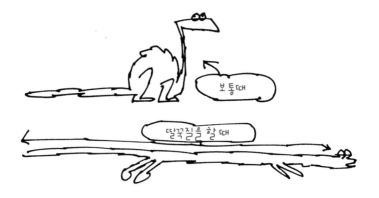

이 놈은 주로 나무 잎사귀를 먹었는데, 때로는 동굴 속에
사는 작은 원시인들을 잡아먹기도 했다는구나.

딸꾹이 공룡과 원시인

데이브야, 어젯밤 너의 트럼펫 반에 대해서
물어보려고 했는데 깜빡했다.
아빠한테 전화해서 어떻게 됐는지 알려다오.

사랑하는 아빠가

우리는 최고의 팀

데이브와 리치,
그동안 많이 생각해 보았는데
너희 둘은 진짜로 마음에 꼭 드는 아이들이다.
너희는 서로 잘 어울리는 좋은 팀이야.
사실은 우리 모두가 좋은 팀이지.
너희를 아직은 잘 모른다만,
나는 확실히 복이 많은 것 같구나.

공부를 계속 잘하도록 해라.
무슨 일이든지 어려워진다고 해서 일의 속도를 늦추거나
포기해서는 절대 안 된다.
그런 때일수록 있는 힘을 다해서 매달려야 한다.

끝까지 매달리는 습관을 기르도록 해라.

사랑하는 아빠가

이보다 좋을 수는 없다

데이브와 리치,
지난밤은 데이브가 트럼펫을 연주하고,
리치가 숙제를 하면서 보낸 멋진 밤이었다.
자기 일에 열중하는 너희들의 모습은 한없이 아름다웠단다.
또 너희들 뒤편의 벽난로에선 불이 운치있게 타오르고….
어느 누가 이보다 더한 것을 바랄 수 있겠니?

데이브야, 여기 빈칸을 채워 멋진 비유법을 만들어 봐라.

와, 저 집은 _____ 처럼 크네!
어머, 이 아기는 살결이 _____ 처럼 보드라워요.
내 삼촌의 고물 오토바이는 소리가 마치 _____ 같아요.
어쩜 이 사과는 _____ 처럼 빨갛구나!

얘들아, 너희들이 사랑스럽고 또 자랑스럽구나.

사랑하는 아빠가

역사상 딱 하루뿐인 오늘

새 주일이다.
금주가 우리를 찾아온 것은
세계를 통틀어 역사상 처음 있는 일이다.
짧고도 짧은 하루가 고작 일곱 번밖에 없으니 뜻 깊게 보내라.

오늘은 우리 일생 중에 단 한 번밖에 없는 귀하고도 귀한 날.
한 번 지나가면 영영 돌아오지 않으니
헛되이 보내지 않도록 해라.
자, 그럼 하루를 힘차게 살아 볼까?

사랑하는 아빠가

학교는 선물

데이브＋리치,
잘 잤니? 상쾌한 아침이다.
오늘 학교 가서 공부 열심히 하고 선생님 말씀 잘 들어라.
너희들이 살고 있는 이 세상에 대해서 보다 많이 배워라.
가르쳐 주시는 선생님이 계시다는 것은 크나큰 행운이란다.
이 세상에는 선생님도 없고 학교도 없는
불행한 아이들이 많이 있단다.
그런 아이들은 커서 어른이 되어도 책을 읽지 못하고
글도 쓰지 못하고 더하기도 빼기도 못하지.
미국이란 나라가 있는지도 모르고
너희들 같은 미국의 어린이들에 대해서도 아주 깜깜하단다.

사랑하는 아빠가

이 세상에는
나를 모르는
불쌍한 개들도
많지요.

트럼펫 만세

데이브와 리치,
재미있게 잘 배우는 하루가 되기를!

밴드 연습을 빼먹으면 안 되니까
오늘 연습하는 날인지 아닌지
꼭 알아 보렴.

사랑하는 아빠가

아빠의 사랑법 특강

데이브와 리치, 오늘 우리 네 식구가
한자리에 모여서 시간을 같이 보낼
수만 있다면 얼마나 좋을까!
하지만 우리는 제각기 자기가 가야 할
곳으로 가서 할 일을 해야 한다.

얼굴에 밝은 미소를 띠고 자기 책임을
게을리 하지 않으면서 최선을
다한다는 것도 일종의 사랑이란다.
주위에 있는 여러 사람들을 한없이
기쁘게 해주는 일이니까.

사랑하는 아빠가

숫자 놀이

데이브와 리치,
사촌형 프랭크가 오늘 조지 삼촌을 찾아뵈러
시골에 내려갔다.
하지만 오늘밤에 다시 돌아올 거다.

데이브야, 어제
네가 들어 준
가방이 꽤나
무거웠지? 정말
용하구나.

사랑하는 아빠가

```
  ?  ?  ?
+ ?  ?  ?
─────────
1, 0  6  2
```

얘들아, 0에서 9까지 모두 열개의 숫자를 꼭 한 번씩만 사용해서 오른쪽 덧셈 문제를 완성하도록 해라. 이미 숫자 네 개가 나와 있다.

```
  ?  ?  ?
+ ?  ?  ?
─────────
  ?  ?  ?  ?
```

이제 준비운동을 했으니까 좀더 어려운 문제를 풀어보자. 같은 방법으로 열 개의 숫자를 한 번씩만 사용하여 왼쪽 문제를 완성하라.

할로윈 데이를 유령과 함께

오늘밤은 죽은 사람들의 혼령이 돌아온다는 할로윈날.
유령 가면을 쓰고 유령 친구들과 어울려 신나게 한판
놀아 보렴.

데이브야, 오늘 사회 시험을 실력껏 잘 치기 바란다.

리치야, 엄마하고 호박 초롱을 다 만들어서
창가에 매달아 놓도록 해라.
어제 호박 속을 다 파냈으니까 이제 귀신 얼굴처럼 꾸며서
속에 촛불을 켜 놓기만 하면 된단다.

사랑하는 아빠가

달팽이가 목도리를 두르다

애들아,
꿈들 잘 꾸었니?

날씨가 제법 차갑구나.
오늘 아침에 보니까 껍데기가 없는 민달팽이 한 마리가
털목도리를 두르고 있더라.
확실히 겨울이 가까이 다가온 모양이다.

오늘도 즐거운 하루가 되기를!
여기저기 집안일을 도와 드리렴.

사랑하는 아빠가

오들오들...
이제 또다시 동장군이
쳐들어올 때가 됐나 봐.

쯧쯧, 바쁘기도 해라

데이브와 리치,
오늘밤에 우리 모두 나가서
소년단의 호박 품평회에 가져갈 호박을 사오자.
참, 오늘 저녁에는 수영도 해야겠구나.
맡은 집안일도 다 해치우고 학교 숙제도 (있으면) 모두 끝내고
또 트럼펫 연습도 해야겠지.

쯧쯧, 바쁘기도 해라!

사랑하는 아빠가

"나 좀 뽑아줘요.
조금 덜 착해 보여도
속은 꽉 찬 호박이랍니다.
믿거나 말거나…."

"제307 소년단의 호박으로
뽑힌다면 그야말로
가문의 영광이지!"

오늘은 신나는 추수감사절

애들아,
오늘은 칠면조를 먹는 추수감사절.
1620년 영국에서 미국으로 건너온 청교도들이
첫 수확을 거두고 하나님께 감사한 데서 유래한 날이다.
그런데 칠면조가 그 청교도들한테 뭐라고 했겠니?

"추수감사절에
우리 대신 토끼를
잡아 먹는 게 어때요?"

집안에만 있지 말고 신선한 공기도 마실 겸
잠시 밖에 나가 놀려무나.

사랑하는 아빠가

칠면조는 추수감사절이 싫어요

데이브와 리치,
아빠는 엄마와 너희 두 녀석 덕분에
모처럼 이틀 동안의 휴일을 멋지게 보냈다.

해마다 이맘 때면 꼭 생각나는 일인데,
내가 칠면조가 아니라서 천만다행이다.

엄마 아빠는 너희를 사랑한다.

사랑하는 아빠가

추수감사절은
내가 제일
감사하는 날이
절대 아니야.
잔칫상 위에 달랑
올라앉아 있는
내 꼴이라니!

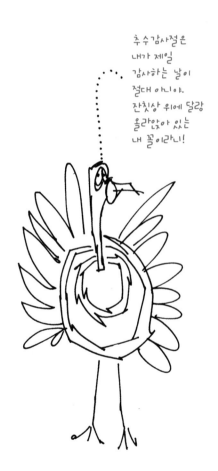

거인 생강빵

"엄마, 우리가 밀가루 반죽으로 빵 장식품을
만들었어요. 오븐에 넣어 구우려고 하는데
좀 도와 주시겠어요?"

데이브＋리치,
추수감사절을 위해 너희들이 만든 생강빵 장식품은
아빠가 이제껏 본 것 중에 제일 크더구나.
멋지기도 했느냐고? 글쎄… 쿨럭!

사랑하는 아빠가

내 좋은 머리를
아무리 굴려 봐도
뾰족한 수가 없는걸….

크리스마스에 웬 나비?

 안녕, 나는 크리스마스 나비랍니다.

 내가 지금 어떤지 아세요?

 꽁꽁 얼 것 같아요….

 … 될 수만 있다면,

 차라리 크리스마스 북극 곰이 되고 싶어요!

그리고 어린이날 나비가
되고 싶어요!

하지만 난 예쁘기만 한 것은 아녜요.
이래뵈도 참을성이 아주 많지요.
또 자연의 이치를 잘 알고 있기 때문에
지금의 내 모습 그대로 견딜 거예요.
메리 크리스마스!
(파닥파닥… 오들오들)

사랑하는 아빠가

그게 중요하단다

사랑하는 데이브 그리고 리치야,
반짝반짝 빛나던 크리스마스가 올해도 또 지나갔지만,
예수님의 탄생을 축하하는 기쁜 마음에는
조금도 변함이 없구나.
크리스마스 아침은 우리 모두에게
참으로 아름답고 근사하고 신나는 시간이었다.
그것은 선물 때문이 아니란다.
선물은 별로 중요하지 않았잖니?
(한 사람이 주는 선물만 빼놓고)

모두 한자리에 모였기 때문이지.
그게 중요하단다.
서로 사랑을 주고 받으며 아끼고 친절을 베푸는 것,

그게 중요하단다.
서로에게 가장 좋은 게 무엇인지 관심을 갖고 살피는 것,
그게 중요하단다.
서로를 돌보고 보살피는 것,
그게 중요하단다.
서로의 생활에 평화를 심어 주는 것,
그게 중요하단다.

묵은해가 노인처럼 발을 질질 끌며 떠나가고
새해가 아기처럼 팔딱팔딱 뛰어오는 이때, 우리는
크리스마스가 서로에게 어떤 의미를 주었는지
잘 기억해야 한다.

사랑하는 아빠가

새해 아침에

데이브＋리치,
새해 복 많이 받아라!
지금은 한 해를
새롭게 시작하며
새 출발 하는 때다.

지금은 또 사람들이
'새해의 결심'을
새로 다짐하는 때다.
너희의 새해 결심은 무엇이니?

할머니와 엄마 아빠는
너희들이 새해를
알차게 보내기를
소망한다.

사랑하는 아빠가

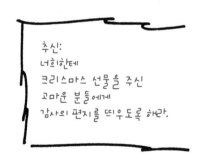

추신:
너희한테
크리스마스 선물을 주신
고마운 분들에게
감사의 편지를 띄우도록 하라.

오늘 너희들 담임 선생님을 만났는데

데이브와 리치,
어제 너희 두 녀석 담임 선생님을 만나 보았지.
너희들을 위하여 알찬 한해를 설계해 놓으신 것 같더라.

게시판에는 너희가 그린 근사한 그림들이 붙어 있더구나.
오늘 시험들 잘 치기 바란다.

아참, 그리고 선생님들께서는 너희 말처럼
그렇게 질린 표정은 아닌 것 같더라.
오늘밤에 보자.

사랑하는 아빠가

"어머, 저기 애들이
와요. 우리한테는
교실이 필요없어요.
저 꾸러기들을 피할
안전한 요새가 있어야 해요!"

양치질도 빼먹은 아빠

귀염둥이들아,
아빠가 늦게 일어나서 양치질도 못하고 간다.
하지만 아빠 양치질까지 대신 해줄 필요는 없다.
회사에 치솔을 가져가니까.

리치야, 밴드 연주회를 앞두고 네가 걱정한다는 것은
좋은 현상이다.
그것은 네가 좋은 결과를 내고 싶어한다는 뜻이니까.
네가 잘 할 거라는 것을 우리는 알고 있단다!

사랑하는 아빠가

친구를 만드는 법

사랑하는 데이브와 리치야,
친구들 문제로 걱정하지 말아라.
공정하고 상냥하게 대해라.
그러면 친구들이 너희에게 다가올 것이다.

중요한 것은 친구가 얼마나 많으냐가 아니라,
어떤 친구들은 갖고 있느냐 하는 것이다.
너희들은 지금 아주 좋은 친구들을 갖고 있고, 또 나이를
먹어 감에 따라 그런 좋은 친구들이 더 많이 생길 거다.
왜냐하면 너희들 자신이 아주 좋은 친구니까.

사랑하는 아빠가

좋은 약은 입에 쓰다

데이브와 리치,

학교에서 모두에게
사랑받는 사람이 되어라.

교실의 분위기를 흐리는
미꾸라지처럼은
절대로 되지 말고.
그건 시간낭비일 뿐이다.

싫어하는 반찬도
골고루 먹을 줄 알아야
몸이 튼튼해지듯이
하기 싫은 일도
꾹 참고 할 줄 알아야
큰사람이 될 수 있다.
좋은 약은 원래
입에 쓴 법이란다.

사랑하는 아빠가

해피 발렌타인 데이!

오늘은 사랑하는 사람끼리
선물이나 카드를 주고 받는 사랑의 발렌타인 데이.
너희가 정성껏 만들어 준 기막힌 카드, 정말 고맙다.
엄마는 깜짝 놀라 그만 넋을 잃고 말았는데
그건 아빠도 마찬가지였단다.

딱 한 가지 골칫거리가 있었다면, 그 카드를 치우기 위해
이삿짐센터에서 힘센 사람을 불러 와야만 했다는 거였지!

사랑하는 아빠가

"이렇게 커다란
발렌타인 카드를
보기는 생전 처음이야.
여기 적혀 있는 글도
아주 재미있군."

"조심해! 사랑(♡)이
깨지면 곤란하다구."

패트릭 성자의 날

오늘은 아일랜드에 기독교를 전한 성자 패트릭을 기념하는 날.
아무쪼록 뜻깊은 하루가 되기를!
멋진 파티를 준비하기 위해서 어제 너희가 이것저것 많이 도와
주어서 대단히 고맙다.

마치 곡예사가 코끼리를 타듯이 장난꾸러기 꼬마 요정이
때때로 쿠가를 타고 다니는 것 같구나.
조금 전에도 아빠는 하나를 보았단다.
너희도 눈을 크게 뜨고 잘 살펴 보렴!

사랑하는 패트릭 아빠가

"일어나, 코끼리 같은 놈아!"

"놈이라니?
이래봬도
난 숙녀라구!
아이고, 처량한
내 신세야.
언제까지
이러고 다녀야
한담?"

우리는 참 복이 많구나

데이브와 리치야.
너희들 덕분에 어제 땔나무를 넉넉히 장만했다.
올 겨울은 불을 많이 때어 추위랑 습기랑 다 몰아내고
훈훈하게 지낼 거다.
어제는 엄마랑 너희랑 함께 차를 몰고 가면서
가을 풍경을 맘껏 즐긴 그야말로 꿈같은 하루였다.

안개 자욱한 계곡이며 울긋불긋 단풍진 숲이며
한가로운 목장의 소떼며 굴뚝에서 연기가 모락모락
피어오르는 평화로운 마을이며….
통나무를 질질 끌어 나르는 일처럼, 다 함께 힘을 합쳐
무슨 일을 한다면 언제나 뿌듯한 보람을 느낄 수 있단다.
엄마 아빠는 너희를 사랑한다.
우리는 참 복이 많구나.
또 너희도 그렇고.

사랑하는 아빠가

구경 한번 잘했다

데이브와 리치,
어제 산에 가서 너희들
덕분에 참 즐거운 휴일을
보냈다. 고맙다.

사랑하는 아빠가

지금부터 2천 년 전에

애들아, 축 부활!
지금으로부터 약 2천 년 전에 우리가 지은 죄를 대신 갚으려고
예수님이 십자가에 못박혀 돌아가셨다.
그리고 사흘째 되는 날, 죽음에서 다시 살아나셨다.
그래서 우리는 부활절을 기념하는 것이란다.

부활절은 모두가 기뻐하는 때이고, 또 만물이 다시
소생하기 시작하는 봄을 반가이 맞이하는 때이기도 하지.
사람들이 '새 출발'을 하면서 자기에게 부족한 점을 보충하여
보다 나은 사람이 되려고 노력하는 그런 때이기도 하고.

기쁜 하루가 되기를.
오늘 하루는 몸 단정 마음 단정히 해라.

사랑하는 아빠가

화산이 폭발했대!

데이브와 리치야.
우리가 살고 있는 워싱턴 주 서남부에 있는
세인트헬렌스 화산이 어젯밤에 다시 폭발했단다.
화산이 뿜어낸 재가 워싱턴 주 동부와 아이다호 주 그리고
몬태나 주에 많이 떨어지고 있다는구나.

오늘 학교에 가면 친구들하고 화산에 대해 얘기해 보렴.

사랑하는 아빠가

신난다, 봄이다!

데이브와 리치,
마침내 겨울이 갔다.
바야흐로 봄이다!
오늘은 기다리고 기다리던 봄이 시작되는 첫날.
새와 짐승들이 새끼를 낳고 꽃들이 서로 다투어 피기
시작하는 소생의 계절이다.

너희들도

새봄을 맞아

씩씩하게

무럭무럭

자

라

라.

사랑하는 아빠가

펄펄 날아라

사랑하는 얘들아,
간밤에 너희 둘 다 아주 열심히들 공부했으니까
오늘 등교길에 마음이 가벼워 펄펄 날겠구나.
학교로 다시 돌아간다는 것은 마치 차를 타고 가다가
적당히 속도를 내는 것과 같다고나 할까.
그러기 위해서는 기어를 바꾸고 정신을 바짝 차려야 한다.

사랑하는 아빠가

이중주였나, 삼중주였나?

데이브와 리치야,
둘이서 연주한 어젯밤 이중주, 참 듣기 좋았다.
아니, 쿠가 녀석까지 합세한 삼중주였던가?
암튼 참 특별한 연주였어.
덕분에 오늘 하루가 특별할 것 같구나!

사랑하는 아빠가

선택은 네 손에

사랑하는 아이들아,
우리는 끊임없이 선택하고 결정하며 살아간다.
무엇을 선택하느냐는 너희에게 달려 있다.
무엇을 선택하느냐에 따라
인생은 트럼펫이 되기도 하고,
바이올린이 되기도 하며,
또 클라리넷이나
첼로가 되기도 한단다.

사랑하는 아빠가

13일의 금요일이 재수없다고?

오늘은 금요일하고도 13일.
그래서 재수없는 날이라고 생각하는 사람들이 더러 있단다.
그러나 실제는 다른 날보다 더 좋은 것도 나쁠 것도 없지.
운이 좋고 나쁘고는 자기 하기에 달려 있는 것이란다.
즐거운 금요일이 되기를!

세인트헬렌스 화산이 지난밤에 또다시 터졌다.
증기와 재가 공중으로 1만 5천 미터 이상이나
높이 치솟아 올라 멀리까지 퍼져 나갔다.
지난 5월 18일에 터졌을 때에는 주변의 나무가 모조리
쓰러지고 사람도 아주 많이 죽고 다쳤는데,
그 이후로 가장 무서운 폭발이었다.
세상에는 이처럼 사람의 힘으로는 어쩔 수가 없는 일이
많이 있단다.

사랑하는 아빠가

무시무시한 삼총사

데이브와 리치,
휴우! 한바탕 볶아치고 한숨 돌리게 되어 기쁘다.
이제 세상에 둘도 없는 우리 식구들을
더 많이 볼 수 있을 것 같구나.
"무시무시한 삼총사."

그리고 페이퍼 보이(Paper Boy)를
한입에 삼키는 우리의 '개짱' 쿠가.

그런데 페이퍼 보이가 '신문배달 소년' 이냐,
아니면 '종이 소년' 이냐?

사랑하는 아빠가

인생은 계단

데이브와 리치야,
아빠는 휴가가 끝나고 너희도 이제 방학이 다 끝나가는구나.
곧 개학하고 한 학년씩 올라가면 아주 재미있고 신나는
한 해가 될거야.
너희는 방학 동안 여행을 통해서 많은 경험을 쌓았으니
그 경험을 다른 친구들에게도 들려 주렴.
이제 몸도 마음도 더욱 자라서 너희들 인생의 다음 계단으로
올라설 준비가 다 된 셈이다.
너희가 그 계단을 딛고 잘 올라갈 수 있도록
엄마 아빠가 도와 주마.

사랑하는 아빠가

"암, 올라갈 수
있고말고!"

엄마 아빠는 언제나 대령 준비

데이브와 리치야,
너희에게 엄마 아빠가 필요할 때는
언제든지 너희 앞에 대령하겠다.

그렇다고 너희가 어리광을 부려도
어하고 받아 주겠다는 게 아니다.
할 일을 하지 않고 게으름을 피워도
그냥 보고만 있겠다는 게 아니다.
다른 사람들이 보고 있는 자리에서 버릇없이 까불거나
제 욕심만 채워도 가만 내버려 두겠다는 게 아니다.

그건 무슨 말이냐 하면, 너희를 사랑하니까
너희가 자라서 올바르고 정직하고 부지런하고 너그럽고
호기심 많고 유머 넘치는 사람이 되도록 있는 힘을 다해서
아낌없이 밀어 주겠다는 뜻이란다.

너희가 그렇게 자라난다면 엄마 아빠는 더 바랄 게 없단다.

사랑하는 아빠가

얼마나 자랐을까?

보고 싶은 아이들아,
마지막으로 너희를 본 게 언제였더라?
계속 늦어서 미안하구나.
그만큼 보고 싶은 마음도 간절하단다.
그동안 못 본 사이에 아빠보다 더 커진 건 아니겠지?

사랑하는 아빠가

"우리 애들이 쑥쑥 자라는구나!"

성경의 황금률

데이브와 리치,
또 새날이 시작됐다.

공부시간에 딴생각 하지 말고 눈여겨 보고 귀담아 들어라.
선생님을 존경하고 반 아이들을 함부로 대하지 않는다면
많은 것을 배울 수 있단다.

애들아, 성경의 황금률을 알고 있니?

"무엇이든지 남에게 대접받고자 하는 대로 너희도 남을
대접하라"는 마태복음 7장 12절 말씀 말이다.
무슨 뜻인지 엄마한테 여쭈어 보고 마음속 깊이 새겨 두렴.

오늘도 아빠는 너희들 모습 그리며 흐뭇한 미소 머금으련다.

사랑해, 애들아!

사랑하는 아빠가

가만히 귀기울여 봐

데이브와 리치,
지붕에도 풀밭에도 가만히 귀기울여 보아라.
마음을 촉촉히 적시는 귀에 익은 정다운 비가 옛날이야기
속삭이듯 두런두런 물방울 튀기며 내리는구나.

라디오를 틀어 보니 다른 지역에는 눈이 너무너무 많이 와서
학교마저 문을 닫았다고 하더라.

그런데 여기는 재미없이 비만 내리고….
그래서 유리창 틈새로 방울져 떨어지는 빗물에
쿠가 녀석만 약이 오르고….

사랑하는 아빠가

추신: 너희 두 녀석의 '안 생일'을 축하한다!

자꾸 듣고 싶은 트럼펫 소리

데이브와 리치,
즐거운 배움의 하루가 되기를!

리치야, 너는 수학과 받아쓰기를
좀더 열심히 공부해야 할 것 같구나.
엄마 아빠가 도와줄 테니 힘을 내거라.

다음에 언제 밴드 연습이 있는지 날짜와 시간을 잘 알아 두렴.

사랑하는 아빠가

교실의 황금률

데이브와 리치야,
어젯밤에 너희가 연주한 트럼펫 소리는 정말이지 예술이었다.
더욱 훌륭하게 불 수 있도록 연습을 계속해라.

너희 머리를 더 좋아지게 하려면
학교에서 열심히 배워야 한다.

공부하다가 모르는 게 있으면 무엇이든지 망설이지 말고
선생님께 여쭈어 보아라, 공연히 시간 낭비하지 말고.
또 선생님과 반 아이들에게 깍듯이 대하거라.
이게 바로 교실의 황금률이란다.

사랑하는 아빠가

우리 집 쿠가의 작문발표회

"반가운 소식을 전해 드리겠습니다.
그동안 제 몸이 무슨 운동장이나 되는 것처럼
털이랑 수염이랑 마구 들쑤시고 뛰어다니며
따끔따끔 물어뜯고 못살게 굴던 벼룩이 때문에
아저씨한테 야단도 많이 맞고 창피해서 혼났는데
이제 드디어 홀가분하게 풀려나게 됐답니다!

동물병원 의사 선생님이 저를 보고 웃으시면서
말씀하셨죠. 데이브와 리치 형제 덕분에 제가
우리 동네 동물 신체검사에서 자랑스럽게도
'벼룩이 없는 멋장이 개'로 뽑혔다고요!

저는 데이브와 리치 앞이라면 사족을 못 쓰지요.
그래서 싹싹 빌고 꾸벅꾸벅 절하고 멍멍 노래하고
벌벌 기고 데굴데굴 구르고 퉤퉤 침을 뱉고
껑충껑충 뛰고… 온갖 재주를 다 부리는데,
그바람에 얄미운 벼룩이들이 멀리 변두리
쓰레기장으로 다 도망쳤지 뭡니까!!!

감사합니다… 감사합니다…
앞으로도 이 자리에 우리 가족 여러분을
모시고 이와 같은 저의 작문발표회를
갖고 싶습니다만….

잊지 못할 어젯밤

데이브와 리치,
어젯밤은 어찌나 기뻤던지 두고두고 잊지 못할 것 같구나.
롤러스케이트장에서 데이브가 그렇게 뛰어난 솜씨를
보이다니!
그리고 리치는 멋진 복장으로 1등상 리본을 두 개씩이나
타다니!

얘들아, 너희의 추리력을 테스트하는 퀴즈문제를 하나
내보겠다. 잘 맞추면 명탐정이 될 수 있을 거다.

조, 넬, 딕은 모두 한동네 친구들이다. 한 아이는 파란 집, 또 한 아이는 노란 집, 다른 한 아이는 하얀 집에 산다. 이 세 아이가 제일 좋아하는 놀이기구는 각각 자전거, 롤러스케이트, 스케이트보드다. 아이들은 또 애완동물을 한 마리씩 갖고 있는데 한 아이는 개, 또 한 아이는 고양이, 다른 한 아이는 토끼를 갖고 있다. 아래에 있는 여섯 가지 힌트를 보고 각각의 어린이가 어떤 집에 살고 어떤 놀이기구와 애완동물을 갖고 있는지 짝을 지어 보도록 해라.

1. 조는 개를 갖고 있다.
2. 딕은 자전거가 없다.
3. 파란 자전거는 같은 색깔의 집에 있다.
4. 넬은 고양이를 싫어한다.
5. 토끼는 노란 집에 살지 않는다.
6. 빌은 스케이트보드 타기를 좋아한다.

사랑하는 아빠가

내 눈 좀 붙들어 줘

애들아, 잘 잤니?
어제는 눈코 뜰 새 없이 바쁘게 일하다 보니 그만 녹초가
되고 말았단다.
어깨도 축 늘어지고 눈도 자꾸만 감기고 그야말로 탈진 상태.
너희는 엄마하고 좋은 꿈을 꾸면서 밤을 잘 보냈겠지.
시골에 계신 할머니께서는 이번 생신 때 너희가 보낸 카드를
받아 보고 여간 기뻐하지 않으셨단다.

학교 가기 전에 안방에 꼭 들러서 아빠 좀 만나보고 가렴.

사랑하는 아빠가

애완용 조개와 노는 법

데이브와 리치,
애완용 조개는 원래
깨끗하고 조용한데다가
길들이기도 쉽고
말도 잘 듣는단다.

"조개야,
따라오렴…."

조심해,
이 버릇없는 조개!

조개를 밧줄로
잘 묶은 다음
끌고 다니며
마당을 빙빙 돌거나
바닷가로 내려가
이리저리
거닐면서 함께
산보를 할 수도
있단다.

쿠가처럼
침을 찍하고
뱉는 법을
조개한테
가르쳐 줄
수도 있고.

머리를 짜 보면
애완용 조개한테
가르칠 수 있는
묘기가 많이
생각날 거야.

뿐만 아니라
공중을 날아가도록
훈련시킬 수도 있지!

…또 책을 읽힐
수도 있다.

사랑하는 아빠가

잠꼬대도 예술이군

애들아,
어제 밤늦게 돌아와서 너희를 만나지 못해 미안 섭섭하구나.
너희 방에 들어가서 차례로 뽀뽀를 했더니 너희가 뭐라고
했는지 아니?
"아무냐무코라지다브라…."
(언제 들어도 구수한 소리)
오늘밤엔 꼭 보자꾸나.

쿨쿨… 쿨쿨…
아무냐무코라지다브라
으마시유냐무드루프스
드 르 렁… 드 르 렁…

"도대체
무슨 소린지
알아들을 수
없지만,
듣고 있으면
마음이 푸근해진단
말이야."

친구들은 방학을 어떻게 보냈을까?

데이브와 리치야,
다른 아이들이 방학을 어떻게 보냈는지
한 마디도 흘리지 말고 꼭 귀담아 들어라.

그리고 난 다음에 너희 얘기를 해주렴.

무엇보다도 먼저 남의 얘기를 잘 듣는 사람이 되어라.

사랑하는 아빠가

너무 썰렁했나?

애들아! 썰렁해도 재미있게 봐줘, 알았지?

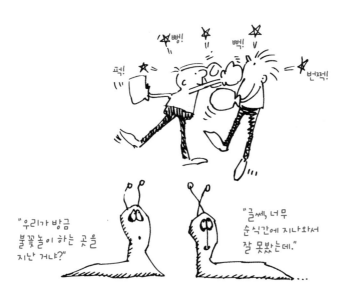

"우리가 방금 불꽃놀이 하는 곳을 지난 거냐?"

"글쎄, 너무 순식간에 지나와서 잘 못봤는데."

너희를 사랑하는 아빠가

백과사전 속에 용돈이 숨어있다

우리 데이브와 리치,

> 미국의 우주왕복선이 또 지구 밖으로 나갔다가
> 많은 실험을 하고 8일 만에 무사히 돌아왔다.

우주왕복선은 어떻게 올라갔다 어떻게 내려올까?

> 아빠가 집에 올 때 너희가 정답을
> 말하면 너희에게 용돈을 주겠다.
> 요즈음 신문이나 백과사전을
> 찾아봐도 좋다.

리치야, 농촌에 관해서 조사해 가는 숙제가
잘 되고 있니? 참고서를 그대로 베끼지 말고
네가 직접 보고 관찰한 것도 잊지 말고 꼭
집어 넣어라. 시골 할아버지 댁에도 몇 번
가 보았으니까 잘 알고 있을 거다.

데이브야, 네가 그린 포스터가 썩 그럴싸하구나.
마무리만 잘 하면 아주 걸작이 되겠다.

사랑하는 아빠가

매듭 숙제의 진실

데이브와 리치야,
배움은 무엇이든 귀하고 소중한 거야.
무엇이든 최선을 다해 배우고, 배움 그 자체를 즐겨라.
많이 먹고 많이 배우고 많이 놀고 많이 자라라!

사랑하는 아빠가

"뭔가
음모의
냄새가
풍기는 걸…."

"데이브형,
도와줘서 고마워.
우리 유년부에서
끈으로 매듭 묶는 법을
배워 오랬거든."

"유년부의
말썽꾸러기들을
개끈으로
매어 두어야
하는 건데…."

"리치야, 암만 찾아봐도
네 소년단 책에는
끈으로 매듭묶는 법이
안 나오는 걸."

산다는 건 공 요술 부리기

데이브와 리치,
산다는 건 공 요술을 부리는 것과 같아.
하루하루 살아갈수록
너희들이 던져 올려야 할 공이 늘어나지.
가끔 하나씩 떨어뜨려도 실망하지 마라.
누구나 실수는 하는 거니까.
곧 익숙해질 거야.
그리고 익숙해지면 공 요술은 아주 즐거운 놀이가 된단다.

사랑하는 아빠가

"리치야, 이제야
요령을 알 것 같아.
땅에 떨어뜨리면
안 된다구."

"아이쿠! 아무래도
빨리는 못하겠는데,
데이브 형!"

월식 찾아 3만 리

데이브와 리치,
하나님께서 밤하늘에다 기막힌 월식 장면을 펼쳐 놓으신 것이
꼭 일주일 전이었지.
얼마나 희한한 광경이냐!
엄마가 너희한테 그것을 보여주려고 무려 320킬로미터나 차를
몰고 가셨다니, 등골이 오싹해진다.
오늘도 회사에서 너희들의 귀여운 모습과 엄마의 예쁜 모습을
떠올리며 기운을 차리련다.

사랑하는 아빠가

• 마지막 편지 •
이 세상에서 가장 행복한 아빠

데이브와 리치,
길이 기억에 남을 잊지 못할 하루가 되기를!

데이브야, 오늘 산으로 캠핑을 간다니
네가 한몫을 톡톡히 하겠구나.
네가 산에 올라가면 곰들이 보고 무서워서
죄다 달아날 테니까.

하지만 캠핑 가는 산이 세인트헬렌스 화산처럼 폭발하지
않기를 바라는 게 좋겠다.
그랬다간 그 책임이 누구한테 돌아가겠니?

리치야, 네 모형비행기가 아주 그럴싸하구나.
그것을 타고 가서 혹시 형 때문에 산이라도 터지나 살펴 보렴.

애들아, 아빠가 너희를 얼마나 사랑하는지 아니?
또 엄마를 얼마나 사랑하는지 아니?
이루 말할 수 없이 사랑한단다.
이렇게 사랑스런 가족이 있으니
그리고 보면, 나는 참으로 복이 많은 아빠로구나!

사랑하는 아빠가

패트릭을 추억하며[*]

로라,

날이면 날마다 저는 다시금 패트와 얘기를 나누고, 함께
웃음을 터뜨리고, 그의 등을 철썩 쳐주고, 그에게 사랑한다고
말하고, 내가 마음을 쓰고 있다는 것을 알려줄 수 있었으면
하는 간절한 마음을 가져봅니다.

여러 가지 면에서 그는 아주 훌륭한 기자였습니다.

그는 우리 지국 내의 사소한 문제들에 아랑곳없이 늘 직장에서
쾌활하게 지냈고 또 그의 진가를 인정받았습니다.

교회에서 제가 보았던 많은 사람들의 젖은 눈자위가 그걸
증명하고 있습니다.

패트의 죽음에 마음 속 깊이 영향을 받지 않은 사람은 우리
지국 내에 아무도 없다는 사실을 말입니다.

---

[*] 이 글은 패트릭 코널리가 사망한 후, 직장 상사가 그의 부인 로라에게 써 보낸
편지입니다. 이 편지는 고인을 추모하고 부인을 위로하는 개인적인 글이지만,
그럼에도 이 책에 대한 훌륭한 후기의 구실을 하고 있습니다.

패트는 저의 삶에 정신적으로 매우 중요한 몫을 했고, 그와
함께 일한 모든 동료 직원들의 삶에 있어서도 그러했습니다.
그리고 그는 기자로서 직장에도 큰 공헌을 했습니다.
진실로 사람들을 감동시키고 깨우치는 이야기들을 썼고, 또
사람들을 수시로 즐겁고 기쁘게 해주기도 했습니다.
그는 제가 함께 일해 본 기자들 중에서 누구보다도 훌륭한
기자였습니다.
이제는 마치 한 폭의 그림이 액자로부터 떨어져 나간 것
같습니다.
그리고 당신은 뒤에 남아서 거짓말처럼 텅 비어 버린 한 조각
하얀 공간을 바라보고 있습니다.
여기, 인디언 마카족의 한 기도문을 적어 봅니다.
만약 당신이 들어보신 적이 없다면 함께 듣고 싶습니다.
삶을 바라보던 패트의 태도가 바로 이 기도문 속에 그대로
나타나 있다고 생각되기 때문입니다.

내 무덤 앞에 서서 울지 마오.
난 거기 없다오. 거기 잠든 게 아니라오.
나는 불고 또 부는 무수한 바람이라오.

눈 위에 번쩍이는 그 다이아몬드 섬광이라오.
영글은 곡식 위에 쏟아지는 그 햇살이라오.
보슬보슬 뿌리는 그 가을비라오.

고요한 아침에 그대가 깨어날 때면
하늘에 소리없이 원을 그리며
쏜살같이 솟구치는 그 새들의 물결이라오.
밤이면 그 보드라운 별빛이라오.

내 무덤 앞에 서서 울지 마오.
난 거기 없다오. 거기 잠든 게 아니라오.

충심으로 위로 드리며

John

존 브리어, AP통신 로스앤젤레스 지국장

옮기고 나서

몸이 천 근이나 되는 듯 무겁고 피곤에 지쳤어도, 눈은 말똥말똥해지고 의식은 더욱 또렷해지기만 하는 밤이 있다.

그럴 때면 베란다로 나가 담배 한 대 꺼내 물고 우두커니 서 있다가, 아이들이 자는 곳으로 가서 곤히 자는 모습을 바라본다.

'가족'의 의미가 무얼까, 저 아이들에게 무엇을 가르치며 무엇을 남겨줘야 할까…. 생각은 꼬리에 꼬리를 물고 많은 것들이 오간다.

아이들의 천진한 모습을 떠올리면 왜 이렇게 코끝이 찡해오는지 모르겠다. 가만히 다가가서 천사처럼 잠든 아이들의 뺨에 살며시 뽀뽀를 해주고 방을 나선다.

이 책을 우리 말로 옮기는 동안 내내 머릿속을 떠나지 않던 물음이 있었다.

'이 아빠 앞에서 과연 어느 아빠가 바쁘다고, 바빠서 자녀들과 대화할 시간이 없다고 변명할 수 있을까?'

코널리는 분명 보통 아빠는 아니었다. 두 아이를 양자로 맞이한 것도, 날마다 사랑의 편지를 남긴 것도, 일찍 세상을 떠난 것도 모두 남다른 일이다.

무엇보다도 우리들의 가슴을 때리는 것은, 그가 아이들을 잘 키우기 위해서 자나깨나 잊지 않고 무슨 말을 해줄까를 끊임없이 생각했다는 점이다. 그러지 않고서는 그런 값진 이야기들이 아침 식탁에서 토스트처럼 금방 튀어나올 수는 없었을 것이다.

또한 코널리는 자녀교육을 위해서, 이 세상의 부모와 아이들을 위해서 순교한 것이 아닐까 하는 생각마저 든다. 그가 죽지 않았더라면, 그의 편지들이 이렇게 빛을 보아 우리의 마음을 노크하지 못하고 그대로 구두상자 속에 묻혀버렸을지도 모르니까.

그가 남긴 편지 속에는 자녀와 가족을 생각하는 이 세상 모든 아빠들의 마음이 담겨있다. 바다처럼 깊고 따스한 마음이다. 독자 여러분들도 그 바닷속에서 행복과 감동에 젖어보시기를.

박원근